JN197775

詩集

カクレンボ街路樹

高橋しげを

天国に　召されて

君　恋うて　3年めの初冬

「恋うる」より

笑顔　ありがとう

笑顔　明日《あした》に咲く言葉

北風に　向って　生きて行く　笑顔
忘れない　ココロに　笑顔
笑顔に　ありがとう　ありがとう
ホントウニ　ホントウニ
きのう　みた笑顔いつまでも　いつまでも
生きる　チカラ　笑顔ありがとう
あなた　あなたの　笑顔ココロに抱いて
夢　あしたがあるから　あしたがあるから
ホントウニ　ホントウニ
笑顔　ありがとう　ありがと
夢のなかで笑顔が　いっぱい咲き　みだれ
笑顔が空に　大地に笑顔
ありがとう　いつまでも　ありがとう

イキル　チカラ
忘れるな　忘れるな
心　心　強よくなって
イキテ　イキル
心　心　心の弱い
人間様　苦しめるな
マケルナ　マケルナ
マケルナ　マケルナ
アシタニ　ナレバ
ホンキナ
イキル　コトバ　ガ
キット　クル　クル

哭くな

風がふく

長い冬眠から
春の風に誘われて　心地よい風
ふくらと　　桃の樹木に花が咲いた
可憐な花　空に向って笑っている
イキル　　チカラ　　心に刻む

風がふく
空に　大地に
心　心　苦しい時　深呼吸
アナタ　アナタ　の手で
生きる　　スイッチ　を心を込めて
イレテ　くれますネ　本気になって
イレテ　クダサイ　　リラックスして
自分に向きあて　アナタニむきあって
イキテ　　イキル　本気になって　　イキル

春の風　街路樹に　ころがっている
心地よい風　肌をそうと包む空に雲もなく
桃のひと枝に　桃の蕾みが
ふくらとして
春の空に向って
笑っている
心が弾む　心が舞いあがる
ワーン　ツーウー　スーリー
心　心　心が
すっきりしたヨ　すっきりしたヨー
街角に憧《あこが》れて　ふたたび街角に行く

作品三〇四番

あの街　この街　なつかしい恋の華が咲く
空に幼ない昔　夢のなかで遊ぶ
いいネ　いいネ　心に華がこぼれて
花屋さんたちの　華が咲きみだれる

心の中で　小ちゃな　夢をみつけて
夢の中で　私《わたし》　あなたに　抱かれてみたい
いいネ　いいネ　華が空に雲に遊ぶ
あしたになれば　だれかと　だれかと逢える

幼ない昔に帰えれる　きのうの街かど
赤とんぼスイスイとんで　あなた色になって
いいネ　いいネ　いい女《ひと》と遊んで泣いて遊ぶ
夕やけ　こやけ涙が涙となって頬に落ちる

花屋さんちの●はな

街路樹が青くなって
空に向って　笑っている
イキル　チカラ　に　イキル
街路樹のなかに　イッパイ　ある
小さな　ベンチ　街路樹の片隅に
人生《いきる》　道程《みち》
目《まなこ》　閉じて考がえてみる　考がえる

春の風の黄昏《たそが》
人間様に　足しで蹴飛ばされても
罵倒されても　負けない　負けてたまるかー
辛抱する　人間様に
いつか　きっと　きっと
心に　幸福《しあわせ》な風がくるだうか・・・合掌

辛抱だーヨ

アジサイ

アジサイの花

舗道の片隅に咲き競う　アジサイ　夜半の雨
濡れている　漲《みなぎ》る　アジサイの生命《いのち》
一礼して　夜半の雨　じっとみる
アジサイの花に　拍手喝采

孤独を　愛する人間様
憧れている
人生《いきる》　性《さが》
本気になって
心に潤《うるお》いを　クダサイ　タクサン
拍手　喝采の
ポエム　心に刻む　合掌

　早春の空　こぶしの樹木の
ひと枝に　ふくらとした蕾み　蕾みが
白く　青い空に向って
笑っている　笑っている
生きる　チカラ　人生《いき》る言葉
心　心　に刻む
あしたになれば　あしたがあるから
本気な　言葉　人生《いき》る幸せ
噛みしめて　噛みしめてみる
大地に　早春の空に
泳いでいる　こぶしの　の花

風もない早春の空

ネエー　ネエー
ネエーテバアー
お教えてヨウー
お天様　お願い
生きる方程式
どこ　どこに
あるのだろうか
日々の生活《くらし》の
はぐれ者
おろ　おろして
心と心　揺さふられ
それから　悶苦《もんく》
耐えて　耐える
たそがれの街角
24時　舗道に座るベンチ

お天様

悲しくなって

涙だがこぼれて
なんとなく　でもネ――
悲しくなって
青い空を視る　掌の筋をたどって視る
生命線　感情線をいつまでも　じっと視る
考がえる　指び折り　考がえる　考がえる
素晴らしい　生きる言葉　クダサイ

人間様の作法　忘れないで　人生《いきる》

本気な　生きる言葉
タクサン　心のなかに
イレテ　クダサイ
　イイネ――　イイネ――
心　心　心が　ピカ　ピカ　になって
素敵な言葉　空に　大地に　ある　合掌

プラットホーム小田急線

　ひとり　プラットホームの
ベンチに佇む　ボク　逢えなくなって
三年目の七月の夜　宛先のない
綴り手紙を書きとめて　三時間
ホームのライトが暗くなって去《い》く
人と影がまばら　ホームの線路が光る
歩るく姿　後しろ姿　心がボヤケテ
他人の空似　悲しさが胸に刺す
煌めく夜空
流れ星　夜る深かく
小田急線　新宿駅　線路に
光かる　信号灯　夜空に　合掌

1歩　また　1歩
ゆくりと　ゆくりと　焦らず
思考力　表現力　伝達力　を
大脳の海馬《かいば》　のなかにいれて
日常のクラシ
心　心　強よくなって
耐乏《たいぼう》生活　原風影のシーン
心　心に刻む
生きる　チカラの集中力　忘れない
本気な　言葉　心に描く

素敵な言葉　ラピング　されて
　生きる　チカラ　忘れるなよ

ハイ――　ハイ――
心　心に　響く言葉　クダサ　タクサン
空に　合掌　大地に　合掌

苦悶《くもん》・・・・・・・・●●

ハッピになっちゃって

どうしたのだろうか——
心が　ハッピになっちゃて
輝やく光　輝やく言葉
街路樹に　落ちている
昨夜の雨が　降りやんで
朝の光　街路樹の
ひと枝に　輝やいている

日常　のくらし
心　と　心
ハッピ　な人間様に
明るく　笑って　生きて　生きるんだヨ
拍手喝采　拍手
心　こめて　ポヱム
捧げます

五月の空

晴れわたる　五月の空　端午の節句
大きな　大きな
鯉のぼり　いろ　とり　どり
矢車《やぐるま》が　カッラ　カッラ　と
五月　雲もなく
風もなく
矢車《やぐるま》の音色《ねいろ》
五月の空に向って
唸っている
五月の空に　唸っている
乾杯　カンパイッ

五月　五月だヨ――
風に誘われて　街角
佇む　ボク　黄色の
舗道に　夕日が染って
空を視る　ふっと掌を視る
とーい　とーい日の

悲しみの

ロケーション―
真実《ほんき》な言葉を知りたくて
灯《あかり》が点《とも》る　涙だ色の舗道
美つくしいままに　心にしみる
街灯《あかり》が　涙を誘ってくる
頬に涙があふれる　街角
考がえる　　考がえてみる

考がえる

空に
悲しいネ
でもネ
本気になって
生きて 生きる
明日《あした》があるから
生きてみる
空に 合掌

イキル　言葉
どこ　どこに
あの　街角
この　街路樹
素敵な
イキル　言葉
人間様　ハッピになって
笑って　笑って
人生《いきて》　人生《いきて》
行こう　ヨ——
本気に　なって
明日《あした》に　なれば
イキル　言葉がくる

朝の光　空に大地に
澄みわたる
五の風が　奏《かな》でる音色《おと》
街を彩る　街路樹

生きる道程《みち》　生き様
心に　心に
落穂拾い　の言葉
忘れない　忘れはしない

ハッピーな朝
輝やく　朝の光
街路樹に
染っている

作品三〇五番

空を　いつまでも

心がいつもと違う
パワフル　な朝
心　強く　なって
情感をこめて
漲《みなぎ》る　ポエム

感謝の心　アリガトウの言葉心に刻む

サックスの演奏
アメイジング　●　グレイス
素敵な　音色《ねいろ》
街路樹に響きわたる
心が震える
昼る下がり
空を　いつまでも
じっと　視る
大地を視る　　空を視る　　合掌

雨が降りやまず

土砂降りの　雨
雨ガサ　風にふかれ

綴り手紙　ふてて
舗道の　水たまりに

どこに　どこに
行くのだろうか——

雨が　降りやまず

　　はじまるヨー
　今日も　はじまるヨー
空　も青く　風もなく
輝やく　朝の光が　舗道に染っている
マラソン人　　早朝　二人
したした　と　　足音が胸に刺す
心と心
マラソン人《びと》に　負けるな
大きな　大きな
輝やく大陽のように
心　心　明かるく
人生《いきる》　道程《みち》
忘れない　忘れわしない
輝やく朝の　大陽のように　合掌

マラソン●人びと

雨め降る　街路樹

雨が降る　雨が降る
ひとり早朝の街路樹を雨にたたかれて
ふっと　立ちとまって
雨雲を視る　雨を手にして視る

雨　降るなか　心と心
穏やかにして
掌を視て　大きく深呼吸
考がえる　考がえてみる
人間様の　生き様
生きる鼓動《こどう》
心に響びく
雨が降りやまず
早朝の街路樹

心　に　叱ってください

心と心　に叱ってください
耐える　チカラ　と　気迫《きはく》
人生《いきる》　道程《みち》がある

明日になれば
心に　ハッピーな
笑顔が　キット　くる
心に　心に叱ってください

心に　心に　心に
輝やく　大陽
アリガトウ
アリガトウ　忘れない
心に　心に叱ってください

いつまでも
忘れない　忘れわしない　合掌

かくれんぼ　街路樹

はじまるヨー　はじまるヨー
いちにちの　ばじまり　新しい生活《くらし》
街路樹に　素晴らしい　朝の太陽
輝やいて　風もなく　空に雲もなく
舗道に立ちとまって　東に向って
手を大きく広げ　　深呼吸　空をじっと視る

生きるチカラに涙があふれ
癒しの風　そっと肌を包む
心に沁《しみ》て　　心と心
ワーアー　ワーアー　と
涙だ声　　かくれんぼ
街路樹　のなかに消えて
去《い》く　早朝の街路樹

六月の空　じっと視る
なんだろうか　ふっと空と雲
いつまでも　舗道に
立ちとまって視る
雲の流れの　早やさ
なんだろう　考がえる　考がえる
心が　揺さぶられる

人の世に人生《いきる》　道程《みち》
でこぼこ道程《みち》　笑って　笑って
笑顔を忘れない
心　心　強く　人生《いきる》　負けない
負けて　タマルカ　大き声で空に　叫けぶ

なんだろう●●●●

アジサイの花

こぶしの樹木に
六月の風　ささやいている
空は青く　澄みわたる
昼る下がりの午後
舗道の片隅に咲く
赤いアジサイの花　なぜか
心を揺さぶる
人生《いきる》　悩みを忘れて
空に向って　大きく手をあげ
私しの青い空——スイー　スイー　と
明かるい　舗道を　手をふりながら
歩いて　歩　いて
また　笑顔で
歩　いて
風が奏でる六月の
昼る下がりの　　舗道の風　　心に沁みる

小雨が　　舗道に落ちて
人生《いきる》　道程《みち》　忘れて
どうしたの　だろうか●●●●
心　と　心　が
痩せて　しまって
ひとり　小雨に叩かれて
佇む　ボク
街灯《あかり》が　にぶく舗道に落ちている
小雨が降る　舗道に染っている
雨が　降る舗道
ひとり　歩るく

雨　降る舗道

心にブルースの詩《うた》

あなたに　いくつもの夢　あげるわネ
切つない　甘いささやき　忘れない
夕陽が落ちて　本気な心
アナタニ　アナタニ　夢をあげる　ブルース

あかね雲　舗道に染めて　ひとり
旅行《たび》にでる　あなたに　あなたに
心の絆　あげるわネ　心が震《ふる》えて　泣いている
アナタニ　アナタニ　夢をあげる　ブルース

吐息《といき》が切つなくて　あなたに　あなたに
ときめき　切つなく　心で嘆《な》く
夜更けの風　心にしびくなのヨ――
アナタニ　アナタニ　夢をあげる　ブルース

ユウクリ　ユウクリ
焦らず　アシタニ　向って
イキテ　イキル
漲《みなぎ》る　チカラ
ユウクリ　ユウクリ
心の傷　癒してくれる
アカルク　アカルク
心の傷　癒してくれる
アカルク　アカルク

ココロ　と　ココロ
華になれ　華《はな》になる
人間様が集《つど》う　ところで
華《はな》になれ　華《はな》になれ

華《はな》になれ

たそがれ

ネエーネエー　ネエテバアー――
たそがれの　街路樹のベンチ　ひとり
生きる　道程《みち》　ずっと忘れて　心と心
成熟ができなくて
癒えない　こころ
悲しさと自戒心　肌に
ぐっと刺しこんで
心が震えて　じっと　掌を視る
考がえる　いつまでも　考がえる
赤い夕陽が掌のなかに　差し込んでくる

七月の夕陽に　土下座して
心底から　生き様に　詫びる　合掌

七月の空

　　　とぽ　とぽ　と街路樹
ひとり　歩いてどこに行くのヨウー
考がえる　掌の筋をたどって
生きる道程《みち》に　慟哭《ないて》　空を視る
空に向って　手を大きく広げて
生きる言葉を心に刻む　いつまでも

空のキャンパスに　生き様　生きる作法
描いてみる　熱き心を揺さぶる
朝の空　輝やく七月　——

朝焼の空

街路樹に朝の風
心地よく　肌をそっと包む
朝の空に　いくつもの　夢を呼びかけて
あなたに　あなたに
詩《うた》　と　笑顔を捧げます

心と心　強よくなって
輝やく　光のなかに
心に沁みる　言葉
本気になって　生きる道程《みち》を忘れない
朝焼の空　心が弾む
舗道に　赤かく染っている　生き様

ヒマワリ

朝の光　心地よい風
肌をそっと包む　空は青く
舗道の片隅に　小さな　小さな
ヒマワリ　空に向って　笑っている
笑っている　　ヒマワリ
心が弾む　朝の光に向って
手を大きく広げて　　深呼吸するんダヨウー
ココロ　　明かるく　青い空を視るだよう
□□□泣き虫くん　本気になって
□□□人間様の生き様　忘れないで――
ヒマワリのように　心底から
笑って　笑って　生きて　生きてみる
生きる　　チカラ　　心に刻む
合掌

㊟□□□のところには読者のみなさんで想像して文字を入れてみて下さい

春がきたよう――　　春がきたよう――
舗道に咲く　　チリプー　　空に向かって
笑って　笑っている
ココロー　ココロニ
ステップ　　かるく
手を大きく広げて

イチニー　サーン
ワンツー　スリー
ココロー　　ツヨクー
ステップー　　空たかく
声をたからかに　明かるく　明かるく
イキテ　ユコウヨー　イキテ　ユコウヨー

拍手喝采

風に聴く

第一　ステイージー

街路樹がすっかり　　裸かにされて
　初冬の風
そっと　肌を包む　本気になって
地の果てまで　ひとりで
生きて　生きるだよ
冬の風に　マケルナト　風が伝えている

第二　ステイージー

冬の空　大地に素晴らしい　生きる言葉の
　エッセンス
心のなかに　タクサン　イレテクダサイ
冬の　夕ぐれ　風と風が　伝えている
夕ぐれの空　ココロ　込めて

第三　ステイージー

マケルナ　マケルナ　ココロ　強よくなって
本気な　道程《みち》を忘れるなと　街路樹の風が
耳もとで　　ささやく
生きる　チカラの　　モチベーション
ココロに　　刻んで　赤い夕ぐれの舗道
掌の筋を　じっと視て
明日《あした》の生活《くらし》を　　占う　　手折《たをる》

かくれんぼ街路樹に
朝が来た　朝が来たヨウ――と叫ぶ
空に　大地に　輝やく光
心と心　明かるく　手を大きく
手を大きく広げて
心ろ　キラキラ　キラキラ
笑顔と笑顔　イイネー　イイネー
スキダヨウ――　スキダヨウ――
スキダヨウ――　スキダヨウ――
ワン――ツーウ　スリー
ワン――ツーウ　スリー

心　軽く

六月　晴れわたる朝
大陽の輝やき
さそうと　心と心　軽るく
手を大きく　広げて
空に向って　深呼吸
街路樹を歩いて　歩るく
アナタニ　アナタニ
本気な　言葉
心をこめて
捧げます
空に　大地に
拍手喝采の詩《うた》
声え　高らかに謳《うた》う

慈しみ深い言葉　心に刻む
アリガトウ　アリガトウ
いつまでも　忘れない　忘れわしない

おもしろそうだーネエ
あなた　の　あなた　の
キラ　キラ　輝やく
笑顔　と　話し言葉
明日《あした》になれば　明日《あした》になれば
本気な　人生《いきる》　言葉
青い空のなかにいる

人生《いきる》　チカラ
あなた　と　わたし　の
心のなかに
触れて　触れあう
人生《いきる》　道程《みち》
明日《あした》になれば　明日《あした》になれは
本気な　人生《いきる》　言葉
青い空のなかにいる

朝の光のなかで

朝の朝の光のなかに
舗道に染っている
でしょう
ネエー　ネエー
イテバアーー
明日《あした》になれば　明日になれば
本気な　人生《いきる》　言葉
青い空のなかにいる

八月の夜半
挫けそうな　ココロに
ハアー　ハアー　慟哭《なく》　朝の光
街路樹に　陽光《しかり》が差しこんで
そよぐ風　揺れる街路樹
大きな　ひと枝に
陽光《ひかり》が落ちて
舗道に染っている

本気になって　人生《いきる》　道程《みち》
ココロ　ココロ　に刻んで
夢を忘れない　アシタ　になれば
笑顔　嬉しい言葉を誘れてくる
空に向って　深呼吸　強よく人生《いきる》

チェンジー

輝やく朝の陽光《しかり》

かくれんぼ　街路樹
朝に騒ぐ蝉　爽やかかな風
和《なご》む心　そっと肌を包む
生き様　生きる作法
舗道に染っている
　朝の陽光《しかり》に
人生《いきる》　愉しさに
寄り添そって
イキル　　チカラ
言葉と心
誇りをもって　八月の
青い空のなかに

不器用でも

かくれんぼ街路樹
輝やく朝の陽光《しかり》
舗道に染っている
空に　大地に
大きく　手を広げて
夢を大きくして　深呼吸
生きるのが
不器用でも　本気になって
生きる　生きるんだーヨ
今日《きょう》も　明日《あした》も
生きる　夢を忘れない
いつまで　いつまでも
心　心　心に刻も

秋雨がしとしと
舗道に降りやまず
信号灯が赤い色に
スクラン　ブールの白線に
涙があふれ　心が震える
タクシイとタクシイ　激突

とーい　とーい日の
新宿三丁目の交差点　秋雨の夕ぐれ
心の　心の　絆をきめた　人と人
かえらぬ　人となって
悲しさが　涙をつれてくる
スクラン　ブール　の白線
みるたび　考がえる
あれから　何十年たっただろうか
スクラン　ブール　の白線
みるたび　考がえる——

白線　と　ニラメッコ

遊び心

秋雨が降る　　夕ぐれの舗道に雨叩く
泣き虫クン　　とぽ　とぽ　と歩いて
どこに　行くのだろうか　●●●
街カド　の街灯《あかり》　ぼんやり点《とも》る

遊び心の　　好きな居場所
アナタ　あなた　の
艶やかな話し言葉　　心に沁みて
心　心　心　に美つくしいままに
本気になって
生きて　生きる
泣き虫クン　の遊び心

赤いバラの花

涙がにじむ　綴り手紙
あかね雲　　哀しさを誘《つれ》れてくる
人の世に　負けるな　本気になって
生きて　生きるんだヨ――
かくれんぼ　　街路樹に秋き色の風が包む
大丈夫　本気になって　大丈夫

アナタ　の　ワタシ　の
心に包み込んで
愉しむ心　　忘れない
粋《すい》い　も　　甘いも
知りつくした
ワタシデス　　アナタデス

煌めき

恋うる

　　初冬の街路樹
舗道に落葉が散り急ぐ　夕陽のなかに
まだ　北風　強よく　吹いてはいない
北風のなかに
生きる言葉　五感が心に刺す

　とーい日のあなたの　眼差《まなざし》　心が震え
北風　ざわめく　風の音色《おと》
耳から離れない　離れない

心　心　揺さぶる　とーい日の眼差
初冬の　夕陽のなかにいる
　天国に　召されて
君　恋うて　三年めの初冬

居場所●どこにあるの

初冬の夕ぐれ　街路樹に
夕陽が　赤かく舗道に染って落ちて散る
夢を　夢を　失《な》くして　風がささやく
風のなかに　本気な言葉がなくて
涙がとまらない　　掌を視て考がえる
とーい日　　綴り手紙
赤い夕陽に　涙があふれ
生き様　　生きる作法
　生きる道程《みち》
居場所　　どこに　　どこに
　嘘《うそ》　でもいから
本気な言葉　　心に・タクサン
イレテ　　クダサイ
タクサン　　ホンキニナッテ　　　クダサイ

あと書　に　添えて

流れ行く雲　青い空が笑っている
山河に咲く　ちさな花びらのなかに
人間様に　人生《いきる》　チカラ　生きる話し言葉
お教えてくれる　本気になって生きて
行くのだよ——声え高からかに　吠える
人間様は　母の胎内から出《いづる》　時から
運命とか　宿命とかを　授《さず》かる　人間様です
人としての生きる道程《みち》を心に刻んで明日《あした》に向って
1歩また1歩　前に向って
人としての道程《みち》　忘れず生きてみる
慟哭《なみだ》のなかに　真実の言葉がきっとある
忘れない　忘れわしない
本気になって　心と心に
人生《いきる》　エッセンス　を
タクサン　イレテ　クダサイ

合掌

創英社／三省堂書店の高橋様　多くの
関係者様に　心から感謝の心を忘れません
心底から　お礼を申し添えて
ペンを止めます　筆者　高橋　しげを
　令和元年　五月一日　深夜記ス
タイトル文字　町田　吾一

高　橋　し　げ　を

東京都町田市成瀬台、在住。信条は雑草のごとく踏まれても強く生きる
詩　集　「軌跡」武蔵野　文学舎発行
エッセイ「童心に囲まれた仕事の中で」第７回エッセイ奨励賞受賞
詩　集　「気ままに　風と　風と聴く」待望社発行
詩　集　「風に聴く」思考力社発行
詩　集　「風の中に」思考力社発行
詩　集　「風に慟哭」思考力社発行
詩　集　「一丁目一番地」思考力社発行
詩　集　「風に祈り」創英社／三省堂書店発行
詩　集　「風の匂」創英社／三省堂書店発行
詩　集　「My Sweet Home1-1」創英社／三省堂書店発行
詩　集　「心の杖」創英社／三省堂書店発行
詩集英文「心の遊えんち」創英社／三省堂書店発行
詩　集　「アナタニ玉手箱」創英社／三省堂書店発行
詩　集　「ふたたび街角」創英社／三省堂書店発行

詩集 カクレンボ街路樹

令和元年 7 月7日発行

著者　高橋しげを
発行・発売　創英社／三省堂書店
〒101-0051　東京都千代田区神田神保町1-1
Tel 03-3291-2295
Fax 03-3292-7687
印刷・製本　シナノ書籍印刷

©Shigeo Takahashi　不許複製　Printed in Japan
ISBN 978-4-86659-081-3　C0092　¥1400E